AF358931

G. LIONNET

Historiettes de Bravoure

à raconter aux enfants

ADMINISTRATION :
73, Boulevard Saint-Michel, 73
PARIS

AU LECTEUR

Les enfants adorent les h'stoires et les mamans, les grand'mamans, les amies excellent à conter les anecdotes qu'elles savent et apprennent de-ci de là. Ainsi s'éveillent les jeunes esprits, se forment les petites âmes neuves et s'ouvrent les cœurs.

Conter des histoires aux enfants, c'est leur apprendre la vie, c'est leur apprendre comment chacun peut jouer dans le bien le rôle que le hasard lui marque sur ce théâtre parfois âpre de l'existence.

Nous venons de réapprendre une leçon sacrée qui semblait dormir au plus profond de nous-mêmes : c'est que le devoir le plus cher est d'aimer le pays de nos pères, notre patrie ; il vient de s'éveiller, ce devoir, plus vif, plus vrai, plus impérieux que jamais. Il ne faut pas oublier que les enfants, garçons et filles sont les citoyens futurs, l'âme naissante de la nation, en eux il faut cultiver l'amour et la connaissance de tous les devoirs, et surtout celui du patriotisme.

Les enfants français devront sentir vibrer en leur cœur la beauté des qualités du patriotisme, il faut les amener à cela docilement, simplement, par la voie tranquille et sereine de l'anecdote. Aux aînés incombe cette facile, noble et chère tâche.

SOMMAIRE

Historiettes de Bravoure à raconter aux Enfants

LA CHANSON DU CLAIRON

Ce clairon, dont je vais vous parler, était un zouave, un beau grand garçon blond à l'air doux et tranquille, aux yeux bleu tendre et au sourire calme et caressant. A première vue il était si tranquille, si calme, si doux et joli aussi que vous l'eussiez pris pour un timide, d'ailleurs ses camarades l'appelaient : « la demoiselle ».

Très gai, avec cela, toujours à rire et en train. Dans les petites guinguettes au bord de l'eau, il aimait à aller danser le dimanche, bref un vrai zouave bon enfant et bien français.

Il quitta le fort où il était en garnison et il partit au front. Voyage plein de rires et de chansons, plein d'espoir et de courage. Chaque cœur battait avec la même bravoure, qui défiait toute crainte et toute peur.

On débarqua les zouaves près de la frontière, et ils furent là deux longs jours à attendre l'ordre d'attaque pour commencer la guerre. Ils étaient en avant, tout en avant, et ils piaffaient d'impatience car ils sentaient tous passer, au-dessus du pays, le vent sacré de la victoire.

Le surlendemain matin, l'ordre arriva enfin et telle une meute — vous savez ces beaux chiens de chasse tenus en laisse et qui ne demandent qu'à partir de tout leur cœur, de tous leurs muscles — les zouaves s'élancèrent. Ce fut grand, magnifique, héroïque et terrible : l'ennemi fut d'abord, un long moment, dérouté, affolé, pris de panique et de peur, les premières lignes s'enfuirent, même les officiers; et nos zouaves passaient en trombe tels des démons sortis de l'enfer et ils faisaient, vous vous en doutez, de l'héroïque, du bel ouvrage ! Mais les officiers se reprirent et les mitrailleuses se mirent à cracher brutalement la mort.

Les Allemands des lignes arrière se reprirent, et l'arrivée des zouaves se heurta à une ligne plus solide et plus résistante, il y eut alors un terrible combat corps à corps. Et les zouaves avançaient toujours, faisant de grandes brèches dans le mur vivant placé devant eux. Ils avançaient en criant de toutes leurs forces.

Notre clairon sonnait la charge de tout ses poumons, une charge furieuse, enragée qui vous entrait dans le cœur et vous rendait fou, vous faisait vibrer les nerfs et bondir sur ves jarrets. Une vraie charge de zouaves, je vous assure : irrésistible, entrainante, qui chassait la peur.

Pourtant, autour de lui, beaucoup étaient tombés pour ne se relever jamais, et plus il voyait cela, plus le clairon sonnait follement.

Une balle arriva qui le frappa en pleine joué, le sang coula abondant et rouge sur le clairon de cuivre qui hurla plus fort encore ses notes aiguës et affolantes. Le zouave courait, tel un démon ou un ange infernal, et entraînait à sa suite d'autres démons ou d'autres anges qui avaient oublié péril et famille et n'avaient qu'une idée : vaincre ou mourir.

Ce que le clairon sonnait de sa belle voix claire, c'étaient toutes les chansons de France, c'étaient le réveil et la revanche magnifique. Et le sol tremblait sous le galop forcené des soldats.

Tout à coup une autre balle arriva, blessant le zouave à la main qui tenait frénétiquement le clairon rouge du sang du visage, il sentit à peine et continua de sonner sa fanfare joyeuse et claire dans le fracas de la bataille ; ses beaux yeux bleus fulguraient et son front était blême, il semblait être le dieu infernal de cette lutte puissante.

Mais voici qu'un sifflement sinistre passa au-dessus de la tête des héros qui avançaient toujours, enfonçant tout devant eux. Il y eut un bruit formidable, puis des cris, des hurlements féroces.

Un éclat de fonte abattit rudement le clairon des lèvres du zouave, emportant avec lui la main qui ne l'avait point lâché.

Un moment interdit, le soldat se reprit, et ne pouvant plus sonner la charge, il se mit à la chanter en bondissant, tel un animal pris de furie ; il la chanta de toute sa voix, de toute son âme, entraînant toujours derrière lui des hordes de zouaves électrisés par son exemple.

Une balle pourtant le frappa à nouveau, et cette fois en pleine poitrine, il demeura un moment debout, puis il s'abattit lourdement sur le sol, mais avant de mourir il se dressa encore, et essaya encore de chanter, mais c'était fini ; alors il réunit ce qu'il avait de forces dernières, et il jeta un grand cri qui fit frémir ceux qui l'entendirent : « Vive la France » ! et il expira.

EXPLOIT DE SOLDAT

Les chasseurs étaient massés derrière un petit village, à quelques cents mètres de l'ennemi.

Eux et lui faisaient des tranchées, mais ce voisinage était rudement ennuyeux et dangereux.

Le canon avait beau faire du bel ouvrage, toujours ces satanés boches revenaient à leur travail et à leurs tranchées.

Un jour, le capitaine intrigué de ce qu'il pouvait y avoir de forces ennemies, fit appeler un de ses hommes, un petit sergent, un Parisien débrouillard et courageux, alerte et vif comme un écureuil :

— As-tu du courage demanda-t-il ?

— Oh ! capitaine... quelle question !

— C'est que j'ai à te charger d'une mission particulièrement périlleuse et délicate.

— Charmé, capitaine, merci d'avance... j'en suis, de tout mon cœur.

— Voilà, il faut savoir ce que nos ennemis font en face, dans leurs tranchées. Une fois la nuit venue, fais ton possible pour te renseigner.

— C'est bien, capitaine, j'a' compris.

— Choisis-toi quelques compagnons décidés comme toi, et hardi mes enfants.

— Parfait capitaine.

— Tu n'ignores pas, mon enfant, ajoute le capitaine les larmes aux yeux, que tu risques ta vie et celle de tes compagnons ?

— Ma vie est à la France, capitaine, et ne je choisirai que ceux qui penseront comme moi.

— Embrasses-moi mon enfant et bon courage !

Les deux hommes s'embrassèrent de tout leur cœur.

Le chasseur eut vite trouvé une vingtaine de braves de sa race.

La nuit venue, la petite troupe partit précautionneusement, sans bruit. Les autres soldats les virent partir avec beaucoup d'émotion. On s'embrassa, on se serra longuement les mains, tout cela, ainsi que vous vous l'imaginez bien, avec de gros rires et de faciles plaisanteries, qui dissimulent l'attendrissement mais ne l'empêchent guère.

Dans la nuit bientôt épaisse et froide, une nuit sans lune et sans étoiles, où soufflait brusquement le vent, la petite troupe s'en alla et disparut. Plus rien. Les vaillants volontaires arrivèrent à un bois où le sergent fit embusquer ses soldats, puis il en garda un avec lui, un bon camarade, presque un frère.

Ils se mirent à ramper silencieusement, s'arrêtant à chaque bruit insolite, le plus léger. — L'oreille contre la terre, ils reconnurent que l'ennemi travaillait là tout près ; ils avancèrent encore, prudents et silencieux, comme des bêtes nocturnes, et bientôt ils virent la lueur atténuée de quelques lanternes sourdes qui éclairaient le pénible, lent, méthodique, mais solide travail des soldats ennemis.

Une silhouette se profilait très près, à quelques dizaines de mètres, c'était la sentinelle ennemie qui veillait, haute et sombre en son grand manteau.

Le sergent dit tout bas à son compagnon :

— Es-tu là ?

— Oui.

— Vois-tu la sentinelle ?

— Oui.

— Je vais ramper jusqu'à elle, j'irai à droite, toi tu vas ramper également et tu iras à gauche, quand nous serons tout près, tu feras du bruit et tandis qu'elle se tournera vers toi, je lui sauterai dessus.

— Si tu le manques ?

— Impossible !

— C'est bien. Vas.

Les voici, rampant chacun de leur côté, l'un à droite, l'autre à gauche, sans bruit, avec une lenteur patiente et calculée ; de longues minutes s'écoulent, les deux hommes sont à leur poste, ils entendent le bruit de leur respiration tant ils sont proches. La sentinelle tousse et s'ébroue, en battant du pied sur la terre sèche.

Le soldat de gauche tousse. La sentinelle surprise a un haut-le-corps et crie en allemand : — Qui vive !

Un saut... pas un cri... le grand soldat s'écroule. Les deux soldats s'empressent autour de lui. C'est fini, il est mort frappé au cœur d'un seul coup de baïonnette. Les soldats ennemis sont à trente mètres plus loin. Un seul bruit insolite et les deux hommes seraient découverts et massacrés. Le sergent parle bas, très bas, à l'oreille du camarade, au-dessus du cadavre tout chaud de l'ennemi.

— Tu vas retourner auprès des nôtres dans le bois, vous reviendrez ici en rampant.

— Mais toi.

— Moi je vais faire la sentinelle. Ah ! il sera bon que tu ailles à la tranchée des nôtres ensuite et que tu dises que c'est fait et qu'on se tienne sur ses gardes pour arriver aux premiers coups de fusil.

— Au revoir.

— Au revoir vieux... à demain... tu verras comme on va profiter de bon cœur du bon petit travail de ces braves boches !

Les deux soldats se serrent la main, très vite et très fort, et ils se quittent. Les ennemis travaillent toujours là-bas, certains chantent, on les entend presque parler entre eux tant ils sont proches.

Le sergent ôte à la sentinelle morte son casque et son vaste manteau, il les met, et se trouve ainsi transformé en sentinelle allemande.

Tranquille et sûr, il monte la garde. Au bout d'un long moment il entend un souffle.

— Nous voilà.

— C'est bien... dissimulez-vous à l'écart, là tout près, que quelqu'un de vous emporte avec lui celui-là, ajoute-t-il, en poussant un peu, vers celui qui lui parle, la sentinelle tombée à ses pieds.

— Entendu...

Plus rien. Le matin vient, un petit jour gris d'hiver se lève péniblement, tristement.

La pseudo sentinelle se promène lente et grave et tranquille, de temps à autre elle bat du pied pour se réchauffer. La plaine est calme, rien n'y bouge.

Le jour grandit... les travailleurs de la nuit ont fini leur tâche, voici que d'autres vont venir les remplacer... la sentinelle est toujours là, le poste est proche...

Les soldats s'en vont au repos et saluent de propos familiers la grave et silencieuse sentinelle qui continue sans répondre sa promenade.

Voici pour un court instant la tranchée vide, la sentinelle fait un geste sur la plaine et jette un cri.

— Venez !

Vingt hommes s'élancent derrière les soldats et un combat s'engage, les Français tirent sans répit, nombre d'ennemis sont tués, les autres se rendent.

Aux coups de feu, la compagnie française prévenue à temps arrive à la rescousse. La tranchée ennemie est prise et quand la compagnie ennemie arrive pour en prendre possession, elle trouve à qui parler.

Ainsi furent faits prisonniers une centaine d'Allemands et fut prise une tranchée très confortable.

LE RUSÉ TÉLÉPHONISTE

Ce soldat-là est un soldat russe, un de nos glorieux et braves alliés.

Au cours d'un violent combat, livré sur la frontière allemande, les troupes russes, violemment canonnées par les ennemis, furent décimées, mais les soldats ne se rendirent point, ils combattirent en désespérés jusqu'au dernier.

Au fond de la tranchée, dans un réduit secret, se tenait un téléphoniste en communication avec l'état-major russe, placé dans un village assez éloigné. — Ne recevant plus aucune nouvelle du servant qui était son porte-nouvelles, le téléphoniste comprit qu'il avait été tué, d'ailleurs le bruit de la bataille était parvenu jusqu'à lui, il l'avait devinée héroïque et désespérée. — Il sortit alors prudemment de sa case et en rampant alla quérir une énorme pierre qu'il poussa devant lui, de toute sa force, puis il rentra en sa cachette, et posa devant l'énorme pierre. Ainsi il demeurera inaperçu, cela est sûr.

Voici que les soldats ennemis prennent possession de la tranchée et s'y installent en vainqueurs contents de leur victoire et éreintés de la bataille. Plus rien, ils dorment pour la plupart.

Alors notre prisonnier volontaire agite le fil qui relie son poste à une batterie d'artillerie placée sur une montagne voisine :

— Attention, c'est moi S..., je suis dans la tranchée, nos soldats sont morts. Les ennemis sont installés à leur place. Tirez sur nous... tirez sur la pierre blanche.

Les Russes entendent la communication et tirent.

La tranchée devenue allemande est arrosée d'obus et de shrapnells. — L'ennemi ne comprend rien à cette brusque attaque.

La pluie ardente de fer et de feu fait rage, le tir est dirigé par le téléphoniste qui, au fond de son trou, surveille les effets du travail des artilleurs. — Le tir est parfait, les Allemands sont décimés, ils évacuent peureusement les tranchées, abandonnant morts et blessés

Le fin téléphoniste sortit sans mal de son poste héroïque et périlleux Et voici comment une tranchée, chèrement défendue jusqu'à la mort, fut simplement et adroitement reprise.

LES SURPRISES DE LA COMTESSE TROÏKA

Ainsi que son nom vous l'indique, la comtesse Troïka est une grande dame russe. Elle est l'épouse d'un général célèbre et elle possède une belle jeune fille : Olga, âgée de 20 ans.

Quand la Russie a fait appel à ses enfants pour les dresser contre l'ennemi, le comte général Troïka a été rejoindre son beau régiment de Cosaques, Olga qui est vaillante et brave, a conduit son père à son poste, puis elle est revenue, toute pensive, au château. La comtesse attendait sa fille, et celle-ci lui dit, lorsqu'elles furent seules loin des domestiques.

— Voici que sont partis mon bon père et mon cher fiancé. Que diriez-vous ma mère si au lieu d'une fille, le destin vous avait accordé un fils de mon âge ?

— J'aurais dit, répondit doucement la noble dame, partez aussi mon fils car vous êtes un défenseur de plus pour notre chère patrie.

— Mais ma chère maman vous seriez demeurée seule, triste, inquiète, sans personne pour vous soutenir et vous consoler !

— Seule, oui ; triste, non ma chère petite, car on n'est jamais triste en faisant son devoir. Inquiète... pourquoi ? Le destin ne frappe que celui qu'il veut. Non, non, ne croyez pas que je suis déjà si faible !

Et les deux nobles dames se quittèrent sur ces mots, courageux et vraiment dignes.

Une fois seule en sa chambre, Olga réfléchit longuement.

Elle se disait que, vraiment, elle regrettait amèrement de n'être qu'une jeune fille; avec quelle joie et quel entrain elle eût suivi son cher père et son brave fiancé! En songeant, elle se contemplait, attentivement, dans la haute glace qui était devant elle, et le fidèle miroir lui renvoyait l'image d'une grande et forte fille blonde à l'œil étincelant et volontaire. Elle se souvint que la veille était parti son frère de lait, si mince et frêle qu'on eût dit un enfant, et ces mots sortirent lentement des lèvres fines de la belle Olga :

— Je suis plus robuste que ce petit Serge Dimitroff‹ pourtant celui-là portera le fusil...

Je ne sais quelle suite eurent les pensées de la belle Slave, toujours est-il que, tout à coup, elle appuya sur un petit timbre d'argent placé devant elle, un domestique parut.

— Yvan, apportez-moi ici mon travesti d'officier cosaque.

Le serviteur sortit prestement, demeura quelques minutes, puis revint avec un lourd carton qu'il posa sur un divan.

— Laissez-moi maintenant... Allez voir si la comtesse st couchée.

Pendant l'absence du domestique, Olga demeura debout à la même place, immobile et pensive, devant le grand miroir. Un léger bruit la fit se retourner.

— Madame la comtesse est chez elle, Maria m'assure qu'elle se repose car sa lumière est éteinte.

— Bien... demeurez un instant.

La jeune fille s'assit à un coquet bureau et se mit à écrire, puis elle cacheta la lettre et la tendit à Yvan :

— Vous remettrez ceci à la comtesse demain à son éveil. — Puis elle tendit la main au serviteur, étonné de ette soudaine familiarité et de cette soudaine douceur, ar Olga était hautaine et fière.

— Bonsoir Yvan et portez-vous toujours bien, soyez bon pour la comtesse.

Le serviteur sortit, un peu étonné, mais il n'osa rien en faire paraître ni ne rien dire aux autres serviteurs, de peur de commettre une faute.

Une fois seule, Olga se dévêtit puis s'habilla en officier

cosaque, et vraiment jamais la glace ne refléta un aussi
bel officier, svelte, élancé, vigoureux et joli, d'allure souple
et décidée.

— Si ma mère me voyait, pensa Olga, que dirait-elle?
Elle regretterait certes, à cette heure, que je ne sois pas
vraiment un garçon.

Sans bruit elle quitta la chambre, ayant pris tout ce
qu'elle possédait en sa bourse de jeune fille, elle gagna
doucement l'écurie et détacha son beau cheval : Yantz.
puis elle le sella et sauta légèrement en amazone adroite,
sur la noble bête. Doucement elle lui dit de partir, la frappa
amicalement à l'encolure et ainsi quitta, dans la nuit et
le silence, le château de sa famille.

Le lendemain elle arriva auprès de la garnison du comte
Troïka et le fit demander par un simple soldat qui montait
la garde en sentinelle.

— Qui me vient voir questionna le général ?

— Votre fils.

— Je n'en ai point ! Il y a erreur.

Cependant, intrigué, il vint vers le cavaller qui se tenait
droit en selle.

— Vous devez vous tromper jeune homme, ce n'est
point à moi qu'il faut vous adresser sans doute, je n'ai
point de fils.

Le beau cavalier sourit. Le général se recula, il venait
de reconnaître le cheval d'Olga.

— Quel est ce mystère ? questionna-t-il.

— Accordez-moi quelques secondes, Général, je dois
vous expliquer.

Au son de cette voix, le comte Troïka tressaillit, mais
sa surprise fut de courte durée, il savait de quoi pouvait
être capable sa fille, il connaissait son talent d'écuyère,
ses aptitudes sportives, sa volonté, son courage et sa force
physique. Il fit signe que l'audience était accordée. Le
cavalier sauta à terre, le comte sourit en lui serrant les
mains.

— Olga ! dit-il à mi-voix, quelle est cette folie ?

— Père, je ne veux point demeurer inerte et inutile au château alors que vous que j'aime, et mon cher fiancé, allez partir au danger. Je suis forte, calme et brave, laissez-moi partager vos fatigues, vous aider, vous défendre peut-être, vous secourir si vous étiez en danger. Là-bas, je serais morte d'angoisse et de douleur, oh ! père acceptez, ce me sera si doux d'être auprès de vous, votre vrai camarade.

— Mais votre mère...

— Voici ce qu'hier elle m'a confié lorsque vous êtes parti. — « Mère, lui demandais-je, que diriez-vous si le destin vous avait accordé un fils de mon âge au lieu d'une fille » ? — Je dirais, me répondit-elle, partez aussi mon fils, car vous êtes un défenseur de plus pour notre chère patrie.

J'ai ajouté : — « Mais ma chère maman, vous seriez demeurée seule, triste, inquiète, sans personne pour vous soutenir et vous consoler ».

Et ma mère m'a dit encore :

— « Seule, oui. Triste, non ma chère petite car on n'est jamais triste en faisant son devoir. Inquiète... pourquoi ? Le destin ne frappe que celui qu'il veut. Non, non, ne croyez pas que je suis déjà si faible ! »

Ainsi, continua Olga, j'ai su tout le fond de l'âme de ma mère et comme, depuis votre départ, je brûlais du désir de vous rejoindre, je n'ai plus résisté à cette envie trop forte.

— Mon Dieu, dit doucement le général Troïka, je ne veux point vous faire violence ma fille, je veux bien de vous comme soldat, mais faites votre devoir en vrai soldat. Vous n'êtes point un officier, quittez galons et chamarrures, à ce prix seul je vous accepte.

Et ainsi s'enrôla, volontaire, dans l'armée de son père a vicomtesse Olga Troïka.

Mais que devint la comtesse pendant que sa fille discutait au camp avec son père ?

A peine éveillée elle sonna sa camériste.

— Qu'on dise à ma fille de venir causer avec moi.

On chercha de toutes parts Olga et force fut de dire :

— Mademoiselle est introuvable.

— Peut-être est-elle déjà partie à cheval, pensa la comtesse et elle se rendormit, attendant avec tranquillité le salut matinal de la belle jeune fille.

Mais au milieu du matin, personne encore n'était venu et Yvan, le fidèle serviteur, frappa à la porte de sa maîtresse et lui remit une lettre où, tout de suite, la mère reconnut l'écriture de sa fille. — Elle déchira brusquement l'enveloppe et lut ces quelques lignes :

« Mère, j'ai la force, la volonté, le courage, l'âge de faire
« un soldat, je suis excellente écuyère et nul ne me vaut
« au tir, de plus cet uniforme de cosaque qui est un tra-
« vesti me va à merveille. Je ne résiste point à l'idée que
« j'aurais pu être un fils et partir, joyeux et brave, aux côtés
« de mon père. »

« Soyez heureuse ma mère et bénissez-moi.

OLGA TROÏKA. »

La surprise fit pâlir la comtesse, elle se dressa nerveusement et appela Yvan d'une voix stridente :

— Yvan, quand est partie votre maîtresse?

Le serviteur fut aussi surpris que sa dame et il ne put que balbutier en pâlissant à son tour. Cependant il se souvint de la douceur, de la bonté de la jeune fille, la veille, il se souvint aussi d'avoir cru entendre un galop de cheval sur la terre sèche de l'allée. Il expliqua tant bien que mal ses impressions à la comtesse, qui demeura alors silencieuse, émue, mais comme calmée, résignée. Elle demanda Maria sa camériste.

— Maria, il nous arrive une grande chose. Ma fille a été aux armées rejoindre son père. Que ferons-nous dans ce lointain château plein d'angoisse et de souvenirs ?

— Si j'étais digne de le faire, murmura la domestique, j'oserais peut-être conseiller ma maîtresse.

— Dis vite.

— Je partirais dans une grande ville soigner les blessés, et peut-être le ciel me ferait-il l'honneur de me rendre ceux que j'aime !

— Fais les malles, Maria et nous partirons tout de suite.

Et le lendemain la comtesse et sa fidèle Maria partirent pour une grande ville, et quelques jours ensuite, la comtesse Troïka était dame infirmière dans un grand hôpital de son pays d'où elle partit, sur sa demande, pour une lointaine ambulance au front des combats.

Ce qui fait que toute la belle famille du général se dévouait chacun à sa manière, à sa patrie.

Olga fit campagne aux côtés de son père, ce lui fut un hardi, courageux et vaillant compagnon, personne mieux que ce gentil soldat ne chevauchait à l'assaut et n'était plus décidé à la charge. C'était un vrai démon de la bataille et parfois, après une chaude rencontre, où elle avait brillé de toute sa magnifique bravoure, le général disait à sa fille.

« — Je suis content de toi mon garçon tu as bien fait de venir ! »

Olga riait de toutes ses jolies dents et se sentait fière et tranquille, heureuse de son utilité.

Cependant, une nuit dans une attaque violente, dans un bois, le petit cosaque blond si courageux, si alerte, si agile et joyeux, reçut une grave blessure en pleine poitrine. Quand on voulut lui donner les premiers soins il se défendit et demanda de sa voix douce qui s'affaiblissait dans la douleur.

— Portez-moi vite à l'ambulance, aux infirmières, de grâce...

Et on fit comme on put, on le transporta, sous le feu, à l'ambulance de fortune la plus proche.

Une vieille dame très bonne, une comtesse de grand nom était arrivée depuis quelques jours, elle était tout dévouement et tout sacrifice. C'est entre ses bras que fut remis le petit cosaque très gravement blessé. D'alertes infirmières l'aidèrent au pansement; dès qu'elles eurent commencé à déshabiller le soldat, elles poussèrent un cri de surprise et se rapprochèrent interdites et émues. Les beaux cheveux blonds d'Olga, sa peau blanche avaient révélé la jeune fille.

La comtesse s'étant approchée, faillit tomber de stupéfaction; elle se jeta sur le corps du blessé qui venait de s'évanouir.

— Ma fille !

Cependant, la bataille finie, le général qui venait d'apprendre que sa fille était grièvement blessée accourut à l'ambulance. Olga pansée, et la main doucement abandonnée dans celle de la comtesse, reposait, très pâle. Le comte Troïka entra, très vite, et se pencha avidement sur la blessée; il la regarda avec une grande tendresse, puis il s'apprêtait à questionner l'infirmière sur la blessure, lorsqu'il vit celle-ci se dresser émue tandis que lui-même avait un brusque recul de surprise.

Le comte et la comtesse venaient de se reconnaître ainsi, brusquement, au chevet de leur chère fille, chacun à leur poste de dévouement et d'abnégation.

La blessure d'Olga bien que grave et longue à guérir guérit à merveille.

Là s'arrêtèrent les émotions et les surprises de la comtesse Troïka.

LE COURAGE DE CHARLOTTE

La petite Charlotte Leroux, dont je vais vous conter la terrible et édifiante histoire, est la fille d'un notaire qui habitait la ville de A...... dans le Nord, un département qui a été envahi par l'ennemi et une petite ville fort jolie qui a été bombardée.

La maison de monsieur Leroux, le notaire, était la première en entrant dans la ville, avec un beau grand jardin où Charlotte aimait jouer toute la journée.

Comme tous les hommes de la ville et ceux d'alentour, monsieur Leroux est parti à la guerre. Madame Leroux est restée dans la maison de famille avec la petite Charlotte et Marie, la bonne ; cela faisait seulement deux femmes seules et une petite fille, mais c'étaient deux femmes courageuses et une petite fille très sage et très obéissante.

A... est tout près de la frontière belge. Les premiers jours de la guerre, ce fut très amusant et tout nouveau; il y avait beaucoup, beaucoup, de gentils soldats français un peu partout, et maman, Marie et Charlotte n'avaient pas peur et n'étaient guère tristes, les soldats étaient si gais, si drôles qu'on ne pouvait s'empêcher de rire tout le temps. Et puis, papa n'était pas loin et il venait presque chaque jour. Maman le trouvait très beau, Charlotte aussi.

Puis, tout cela a changé brusquement, tout s'est assombri. Voici que l'on a entendu la voix effrayante du canon qui grondait nuit et jour. Les soldats ne riaient plus tant, papa ne venait plus souvent et maman était très pâle et avait les yeux rouges comme les petites filles qui pleurent beaucoup.

Puis enfin c'est devenu terrible. La voix du canon est devenue formidable et toute proche. Maman prenait

Charlotte dans son lit et lui disait doucement de ne point pleurer, de ne point avoir peur, que cela ne serait rien. On a bientôt entendu des coups de fusils dans la rue, des cris, des galopades, des plaintes, des coups sourds. Les carreaux tremblaient. Charlotte claquait des dents, Marie pleurait. Madame Leroux leur a dit :

— Faites un paquet de tout ce qui nous est nécessaire nous allons descendre dans les caves, à cause du bombardement.

Marie, Charlotte se sont empressées de réunir tout ce qu'il fallait. Ensuite madame Leroux a pris les matelas des lits puis elle a commandé à sa petite fille et à sa bonne.

— Aidez-moi, nous allons transporter nos matelas et nous coucherons sous la maison. Vous n'aurez pas peur parce qu'il faut être courageuses.

Toutes les trois sont descendues à la cave et elles y sont demeurées plus d'une semaine entière. Petite Charlotte n'a pas fait entendre une plainte ni versé une larme et quand sa maman lui demandait :

— Tu n'as pas peur mon mignon ?

Charlotte répondait :

— Mais non maman, puisque je suis avec toi et Marie.

A quelques jours de là on n'a plus rien entendu tout à coup maman a quitté la cave, est montée voir, puis est revenue le visage calme et les yeux tranquilles.

— Remontons mes petites, je crois que l'on ne se bat plus et que nous pouvons regagner la maison; et toutes les trois sont revenues par le jardin vers la villa.

De poignantes surprises les attendaient : le toit était crevé, l'escalier démoli, un obus était entré dans le salon et avait mis en miettes le beau lustre et le secrétaire de papa. Maman pourtant ne dit rien et fit signe à Marie d'un air triste mais résigné. Charlotte ouvrait de grands yeux.

Tant bien que mal on s'est réinstallé là, que voulez-vous! Et mon Dieu, on a été tranquilles pendant un bon moment.

Les soldats français étaient revenus, quelle fête on leur avait faite !

Madame Leroux emmenait Charlotte et Marie à l'hôpital voir nos blessés, et le reste du jour elles travaillaient toutes les trois pour les soldats de France. Ainsi la maman apprenait sa fille à aimer son pays et à se rendre utile en ses moyens. Elle lui lisait les lettres de son père.

— Tu vois, disait-elle doucement à la petite fille, ton papa lutte jour et nuit pour la France, il dort peu et travaille de toutes ses forces pour que notre chère patrie soit victorieuse. Nous devons aussi nous employer à quelque chose. Les femmes n'ont pas la force pour être soldats et se battre, elles doivent se servir de toutes les qualités que la nature a mises en elles c'est-à-dire la douceur, la patience, l'adresse : elles doivent aussi être courageuses et ne pas craindre le danger.

Comme il vint beaucoup de nouveaux blessés à l'hôpital de la ville, on en mit chez les habitants qui demandaient à en prendre avec eux pour les bien soigner.

Madame Leroux eut chez elle un jeune sergent qui était blessé aux jambes, elle le soigna maternellement et la petite Charlotte demeurait auprès du blessé à lui faire la lecture de sa gentille voix claire ; le jeune homme se rétablissait vite, il commença bientôt à se tenir debout et à marcher à l'aide de deux cannes.

C'est alors que mon histoire devient terrible et que se place la bravoure de la petite Charlotte.

Un après-midi que madame Leroux était allée par la ville, voici qu'à nouveau, lointaine, mais nette et certaine, on entendit la voix terrible du canon.

Le blessé se souleva sur son fauteuil et tendit l'oreille, puis il regarda la petite fille qui le regardait aussi, devenue pâle.

— Oh ! on dirait ?...

— Oui, dit lentement Charlotte, de la tête.

— Vous n'avez pas peur ?... on va encore se battre par ici.

— Je ne puis avoir peur, maman ne veut pas. Mais vous, monsieur le sergent ?

— Moi, je me battrai... s'ils reviennent.

— Mais... vous êtes si faible !

Le jeune homme devint triste et silencieux puis il dit :

— C'est vrai... et deux grosses larmes tombèrent sur ses joues... s'ils me trouvent, ils me feront prisonnier... et alors je ne serai plus bon à rien, je ne pourrai plus me battre, me venger de mes blessures et tenir avec mes chers camarades ma place de vrai soldat de France.

Sur ces mots à peine achevés, voilà Marie qui entre pâle et effarée.

— Les ulhans !...

La petite Charlotte s'est dressée calme.

— Marie, aidez monsieur le sergent à descendre à la cave, et faites comme lorsque nous avons été bombardés, prenez le matelas du lit et des provisions, installez tout et dissimulez bien l'entrée de la cave, vous savez, comme l'autre fois.

— Mais vous, mademoiselle.

— Moi je reste ici, il faut bien que je prévienne maman quand elle va revenir; que deviendrait-elle sans me voir, car elle aura appris que les ennemis sont revenus...

Marie s'en va soutenant le blessé, ils arrivent à la cave. Marie installe en tremblant le campement pareil à celui d'il y a quelques semaines, puis elle dissimule bien l'entrée du refuge et la voilà avec le soldat en sécurité, du moins pour le moment.

Mais que devient, là-haut la brave petite fille. Avec intelligence et vivacité, elle fait disparaître les traces du séjour du blessé, puis elle prend sa poupée et se met auprès de la fenêtre. Charlotte n'a aucune peur pour elle-même, elle est heureuse que Marie et le blessé soient en ûr té ; elle est inquiète parce que maman ne rentre pas.

Un bruit de cavalcade et de sabres heurtés, des ordres brefs, un brusque arrêt. Un groupe de cavaliers ennemis est à la porte du jardin; un d'eux pousse la grille et entre. Charlotte se lève, prend sa poupée dans ses bras et va au-devant des soldats.

— Il nous faut à boire et à manger...

— Monsieur, maman va revenir, moi je suis seule, mais je puis vous servir.

Les soldats rient.

— Quelle petite femme. Holà ! à boire ma petite et vite.

— Venez donc chez nous... dit Charlotte avec tranquillité comme si trop petite fille elle ne comprenait point quel danger il y a à faire entrer chez soi l'ennemi quand on cache un blessé français.

Et les lourds soldats suivirent la jeune enfant qui prestement dressa la table et mit devant eux tout ce qu'elle trouva.

Je vous assure qu'elle ne tremblait point du tout, Charlotte, et qu'elle était seulement inquiète parce que maman ne revenait toujours pas.

Quand les soldats eurent mangé et bu, ils dirent :

— Maintenant montre-nous la maison, parce que nous allons y coucher, conduis-nous à la cave.

— La maison est à vous, mais il n'y a pas de cave.

— Tu mens ma petite, il y a quelqu'un dans la cave c'est pour cela que tu ne veux pas nous la montrer mais nous saurons bien te faire parler; d'abord voici ta maman et elle va nous dire la vérité.

En effet, maman arrivait bouleversée, se demandant ce qui pouvait bien se passer chez elle à l'arrivée nouvelle des méchants ennemis. Elle était au chevet des blessés de l'hôpital lorsqu'on lui avait appris que les uhlans étaient dans la ville et que sa maison était envahie, elle pensait trouver le blessé français mort peut-être, et Marie

et Charlotte folles de terreur et malmenées par les farou-
ches soldats.

Elle entre, pâle, chancelante, et voit tout de suite sa
petite Charlotte tranquille au milieu des soldats attablés ;
cette vision la rassure, elle reprend possession d'elle-même,
et fière mais polie, elle se dresse devant les envahisseurs.

— Où est ta cave, Française de malheur? dis vite où
nous fusillons ta petite, là devant toi.

Madame Leroux a compris que Charlotte avait fais cacher le blessé et Marie et qu'elle ne voulait pas conduire
les ennemis à leur cachette. Elle respire et admire sa brave
petite fille, mais que faire contre ces brutes déchaînées et
à moitié ivres ? Est-ce que la chère enfant va payer de
sa vie ce dévouement au-dessus de l'intelligence d'une
fillette de cet âge, ce dévouement venu de son cœur et
des conseils de sa mère ?

La pauvre femme n'a pas le temps de penser plus. Les
soldats viennent de se saisir de Charlotte et la mettent
contre le mur du salon, puis ils la menacent de leurs fusils posés en joue.

— Parles... femme, il nous faut à boire !...

Madame Leroux s'est jetée à genoux et demande grâce
mais Charlotte n'a pas même pâli ; elle dit :

— Priez pour moi maman, il est bien fâcheux que nous
n'ayions point de cave. Tant pis je vais aller au paradis
retrouver mon petit frère. Adieu maman... et elle croise
ses petites mains sur sa poitrine en attendant la mort.

Madame Leroux demeure prostrée, anéantie de douleur
et d'effroi, terriblement tentée de sauver sa petite en
criant la vérité... Sera-t-elle lâche? Non, ce serait les per-
dre tous et puis il y a une justice, la chère créature, si cou-
rageuse, ne peut pas être punie de sa bravoure !

Non, un espoir, insensé, mais ferme lui vient au cœur.
Elle attend... elle ne sait quoi... la pitié jaillie de ces âmes
de soudards ?

La pitié ? impossible, mais la crédulité.

Est-ce qu'une petite fille ment devant le canon d'un fusil ? Les petites Allemandes ne sont pas si sottes allons !

— Quelle sottise vraiment de ne même pas avoir de quoi désaltérer de pauvres soldats ! Allons ! ouste ! filez vous autres ! allons ailleurs... mauvaise maison de pauvres ici !

Les fusils ont repris leur place au dos des soldats et le chef très en colère a quitté la maison en brisant de son sabre tout ce qu'il trouvait devant lui.

Le blessé est demeuré une semaine dans la cave, avec des ruses inouïes on l'a enfin délivré et il a pu partir.

Mais dites-moi que Charlotte est une vraie petite héroïne.

Et vous savez, c'est une vraie histoire !

LA LETTRE AU SOLDAT

Voici la lettre qu'une petite fille des Vosges a écrit à son papa dans les tranchées.

« A Monsieur Gustave Philippon,
    Sergent au 149e d'infanterie, 3e Compagnie,
                                2e Armée.

Mon cher papa,

« Je suis heureuse de pouvoir enfin te donner de nos nouvelles, à Henry et moi. Sois tranquille, nous sommes en sécurité chez de bien bonnes personnes au fond d'un beau village du Dauphiné; naturellement ma lettre mettra peut-être longtemps à te parvenir, mais comme tu seras content quand tu la recevras !

« Avant toute chose, et parce que je vais te bavarder longuement, voici notre adresse :
         « Henry et Marie Philippon,
             chez Madame Autin,
                 à Vaulnaveys (Isère) »

Madame Autin est une dame âgée, très bonne et de fortune aisée, qui nous a recueillis, Henry et moi, pour toute la durée de la guerre, c'est chez elle que tu nous trouveras quand la guerre sera finie.

Tu vois tout de suite que nous sommes bien et que nous ne manquons de rien. Si tu as besoin de quelque chose, ne crains pas de me l'écrire, madame Autin t'enverra tout ce que tu voudras.

Comment nous sommes arrivés chez madame Autin, ce sera l'histoire de toute ma lettre, mon cher papa.

Dès que tu as été parti pour Sedan, j'ai fait comme tu m'avais recommandé, c'est-à-dire que j'ai tout préparé en linge et en argent pour partir avec mon frère dès qu'il y aurait du danger.

Mais ça a été très bien d'abord, naturellement, puisque nos soldats sont entrés comme chez eux en Alsace.

Madame Dupré la voisine me disait :

— Ça ne sera guère long, ma fille, et ton père reviendra bientôt.

Alors moi j'étais rassurée et confiante, tranquille comme en temps ordinaire, je m'ennuyais seulement après toi, mais j'étais bien heureuse autrement.

Voilà qu'un jour j'étais allée promener Henry à la côte Sainte-Claire, on s'était assis tous les deux pour se reposer, quand j'entends un bruit de gens qui arrivent en courant. Nous nous levons, c'étaient des soldats français qui arrivaient tout sales, tout déchirés, comme fous.

— Les Allemands sont derrière nous, disent-ils...

Henry et moi nous étions figés de surprise et de peur, comme tu penses !

— Qu'est-ce qu'il faut faire ? ai-je pu enfin leur dire.

— Nous cacher et vous sauver...

Je suis vite revenue avec eux chez nous ce qui a ameuté tout de suite tout le monde. On s'est affolé. Mais quand les soldats ont été réconfortés et qu'ils ont eu un bon lit ils nous ont dit ce qu'il en était : les Français s'étaient laissés surprendre et ils avaient perdu une bataille, il y avait eu une retraite et un sauve-qui-peut général du régiment. Ces soldats nous conseillaient de nous tenir sur nos gardes et de nous sauver dès les premiers coups de canon.

J'aurais bien dû les écouter, mais la mère Dupré se moquait de moi.

— Ce sont des peureux disait-elle, ils mentent... jamais on n'entendra le canon, tu vas bien voir. Dors tranquille.

J'ai couché Henry puis je suis restée à veiller un peu, je n'étais pas tranquille. Tout à coup il m'a semblé entendre un bruit sourd : boum ! boum ! boum ! j'ai eu peur... je suis allée réveiller la mère Dupré.

— Ecoutez donc, on dirait bien...

La mère Dupré a écouté et entendu, mais c'est une vieille entêtée et elle m'a dit :

— Mais c'est le tonnerre.

Voilà en effet qu'il a plu à torrent toute la nuit et que j'ai fini par m'endormir toute habillée, arrivant à croire que c'était le tonnerre que j'avais entendu.

Mais pas du tout, au matin la pluie ne tombait plus et j'entendais toujours ce bruit sourd mais plus rapproché qu'hier. Cette fois je me dis : tant pis, j'écoute les conseils des soldats, je vais habiller Henry et nous nous sauverons.

J'ai réveillé mon frère, je l'ai fait manger, je l'ai habillé et pour qu'il veuille bien venir je lui ai dit que nous allions aller promener. Il voulait bien : il était obéissant et gentil. Mais au moment où nous allions sortir pour aller à la gare prendre le premier train pour Epinal, voilà que j'entends un sifflement, puis un bruit épouvantable. C'était un obus qui venait de tomber dans la rue. Alors ça n'a pas discontinué pendant au moins deux heures et je ne sais plus ce que j'ai fait... j'ai pris Henry qui ne voulait plus sortir et je l'ai traîné de force derrière moi, le portant parfois et d'autres fois je ne sais plus. Je suis arrivée ainsi à la côte Sainte Claire et il y avait déjà une foule de pauvres gens comme nous avec leurs vaches, leurs chiens, c'était terrible. J'étais étonnée de me trouver là après être sortie au milieu des obus. Je croyais à un moment que je faisais un cauchemar et que j'allais me réve'ller.

Mais tout cela n'était rien. Le pis c'est que les soldats français sont revenus, que les Allemands sont arrivés et qu'ils se sont battus jusque dans le bois où nous étions. Les Français ont eu tout de suite le dessus, alors les autres ont voulu se venger, ou essayer de se sauver — est-ce que j'ai compris pourquoi ils ont agi ainsi ? — comme ils s'étaient aperçus que nous nous étions réfugiés dans le bois, ils nous ont amenés devant eux, de force.

Je tenais Henry bien serré par la main. Le pauvre petit avait si peur qu'il n'osait ni crier ni pleurer. Tout à coup, comme les soldats nous poussaient, — j'étais dans les derniers rangs — j'ai pris mon petit frère dans mes bras parce qu'il venait de s'évanouir et je me suis jetée à terre sans bouger et en retenant ma respiration. On a cru que j'étais morte et on m'a laissé là. Un soldat ennemi est revenu vers moi son revolver à la main, j'ai senti qu'il allait me tuer et j'ai fermé les yeux de toutes mes forces en attendant, mais il m'a retournée puis m'a rejetée par terre, et il a marmotté je ne sais quoi. J'étais si pâle, sans doute, et Henry aussi, qu'il nous a cru morts, et il a passé. Nous sommes restés comme cela plusieurs heures et j'ai entendu, sans oser bouger, toute la bataille. Puis ça a été fini, et quand je n'ai plus rien entendu j'ai osé regarder, mais je le regrette car j'ai vu des choses affreuses que tu devines, toi qui te bats tous les jours, pauvre père !

J'ai eu aussi le bonheur de voir venir des brancardiers

et des médecins qui arrivaient au secours des blessés de la bataille. Je me suis dressée sur mes pieds et j'ai crié ; ils sont venus et ont été bien surpris et bien émus de me trouver là avec mon pauvre petit Henry. Il a fallu long-temps pour le tirer de sa syncope et j'ai bien cru que j'au-rais le malheur de ne plus voir mon frère revenir à la vie. Il a été malade plusieurs jours, d'ailleurs. Comme c'est drôle, moi je n'ai rien eu qu'une courbature d'être restée si longtemps raide par terre pour faire la morte !

Les infirmiers nous ont donc emmenés à l'ambulance ; on nous y a gardés quelques jours, puis nous sommes partis avec un convoi de blessés vers un hôpital de Gre-noble. — A l'hôpital de Grenoble on nous avait adoptés pour la guerre et nous étions bien heureux. Mais il y a un pa-tronage de dames charitables qui s'est occupé spéciale-ment de nous, et une vieille dame très bonne et de fortune, a demandé comme une faveur de nous recueillir et de s'oc-cuper de nous dans la vie et de toi sur le champ de bataille.

Tu vois, mon cher père, que tu peux être bien tranquille pour tes petits enfants et rassuré pour toute la durée de la guerre. Nous ne manquerons de rien, nous nous portons bien, on nous aime beaucoup. Quant à toi, tu as, en madame Autin, une amie qui te donnera toutes les choses qui te seront nécessaires.

On m'a dit aussi de te faire savoir que ta maison était bombardée et tout notre bien perdu, mais que cela ne fait rien, nous ne serons pas pauvres, malgré tout, parce que tous les Français sont frères et qu'on t'aidera.

Je suis bien contente de te dire toutes ces choses. »

Ainsi se termine la lettre de la jeune Vosgienne Marie Philippon. Maintenant que vous en avez pris connaissance, je vais en quelques lignes vous dire ce qu'est cette fillette et comment elle est :

Marie Philippon a quatorze ans, c'est une petite fille brune, très jolie, fort intelligente, la perle des élèves de son école ; ceci vous explique pourquoi une lettre de petite fille est ainsi claire et sensée, comme si elle venait d'une grande personne.

Ce qui contribue a rendre notre jeune héroïne sympathique est le fait suivant : Madame Philippon était morte l'année précédente, et depuis ce malheur, Marie était devenue la vraie âme du foyer détruit, la vraie maman de Henry et la consolation de son père. Ses quatorze ans avaient mûri à l'attaque de la souffrance.

Espérons qu'un avenir, tel qu'elle le mérite, est réservé à la vaillante et brave fillette des Vosges dont vous avez compris et admiré la vaillance, l'intelligence, la bravoure bien françaises.

AMES D'ALSACE

Les dragons français arrivèrent au village, les avant-postes ennemis surpris et mitraillés furent anéantis ou prirent la fuite.

Dans la grande salle de l'auberge, au bout de la rue principale, il y avait des soldats allemands et beaucoup de munitions, des mitrailleuses et de quoi se défendre longtemps, amuser l'ennemi et attendre du renfort. L'auberge était close et le drapeau blanc à croix rouge y flottait.

Petite Miette était la fille de l'aubergiste, et l'aubergiste était Alsacien. Les ennemis allemands l'avaient fusillé la veille parce qu'il était suspecté d'aimer la France et de pratiquer l'espionnage à son service. C'était faux d'ailleurs. Hartmann était simplement un Alsacien d'âme gauloise, il aimait la France mais il ne lui avait jamais rendu d'autres services que de recevoir en son auberge à bras ouverts, les amis des Vosges et les voyageurs venus de l'autre côté de la frontière. Il aimait son Alsace, sa belle terre natale ; elle était allemande, il l'eût préférée française, mais il ne l'en aimait pas moins pour elle-même, quelle qu'elle fût !

Cependant, il avait élevé petite Miette dans l'amour des Français, sans le savoir, peut-être, il en avait fait une Française. Miette n'avait pas été à l'école et ne savait pas l'allemand.

— Non non, disait Hartmann, je ne veux pas qu'elle hache-paille, sa petite bouche est trop jolie ! Miette parlait la langue paternelle mais surtout, comme les demoiselles de bonne maison, l'élégant parler de France.

C'est de cela que le brave homme était mort.

Brusquement un officier était venu la veille, avait rudement houspillé l'aubergiste, l'avait mis contre le mur, devant ses soldats placés à la position du tir, il avait dit un sec :

— Feu !

Et l'aubergiste alsacien était tombé le front dans la poussière.

Petite Miette n'avait pas vu cela, elle était chez une voisine, une grande amie qui, elle-même, n'avait su l'attentat que le soir. Alors elle avait dit à Miette :

— Miette, ton papa est parti pour un grand voyage, tu vas rester avec moi maintenant.

La petite fille n'avait rien dit, n'avait pas questionné mais elle avait compris, sans voir, que jamais son père ne reviendrait la chercher chez sa grande amie.

L'auberge était vaste et commode, l'officier s'y était installé avec son escorte, puis étaient venus beaucoup de soldats, beaucoup de choses. On avait hissé au dessus du toit le drapeau blanc à croix rouge.

La grande amie, toute tremblante, derrière ses rideaux, avait vu passer les hommes d'armes, la nuit quelqu'un avait gratté doucement à la porte, et une vieille voisine était entrée mystérieusement.

— Quelles nouvelles Bertha ! avait questionné grande amie haletante et pâle.

— Ils ont mis chez Hartmann, le pauvre homme ! de quoi massacrer un bataillon de Français, ils se sont barricadés là-dedans comme dans une forteresse... On dit que les Français sont à C..., nous allons avoir ici une rude bataille ma pauvre. Il faudrait partir, d'ailleurs on commence à nous chasser ! Ecoutez !

En effet, de la rue venait un bruit confus de voix et d'appels, d'ordres rauques et de cliquetis de sabres, de coups secs des bottes sur les pavés du coquet village.

— Je reste ici, dit grande amie, farouchement, il arrivera ce que Dieu voudra. Partez Bertha et laissez-moi. As-tu peur Miette ? demanda-t-elle à la petite fille qui les écoutait en les regardant de ses beaux grands yeux tristes et étonnés.

— Non, fit-elle signe en secouant lentement ses boucles blondes.

La vieille voisine se signa, les embrassa et partit.

— Viens, dit grande amie à Miette, nous aller nous cacher dans la buanderie.

Elles descendirent sous la maison, dans une vaste salle empierrée ou l'on faisait d'habitude la lessive.

Elles achevèrent là la nuit à écouter, à trembler malgré leur courage.

Vers le petit jour le canon tonna, tonna, puis ce fut le bruit sec de la fusillade, un brouhaha inextricable, des chevauchées mêlées.

— On se bat, dit grande amie,... les Français sont-là. Prions pour eux ma chérie...

Tout à coup un immense cri de « Vive la France » retentit. Miette bondit sur ses pieds et courut à l'escalier, irrésistiblement la jeune femme la suivit. Elles arrivèrent ensemble à la porte du jardin.

C'étaient les Français qui étaient là, escortés des habitants du village, ravis et transportés. On riait, on pleurait, on chantait, les fenêtres s'ouvraient. C'était à travers les rues une cavalcade radieuse.

Grande amie était revenue au jardin et en moissonnait rapidement les plus belles fleurs; quand elle en eût plein les bras elle courut au devant des soldats, rose de confusion et de bonheur. A un bel et jeune officier elle remit sa moisson parfumée et multicolore.

— D'Alsace, monsieur, avec toute notre joie et notre orgueil !

Comme elle était jolie, tout le monde la regarda avec bonheur.

Cependant Miette veillait, vrai petit ange gardien ; dans son émoi se mêlait une terreur, elle se demandait d'où lui venait cette appréhension soudaine à l'entrée des Français. Où avait-elle entendu dire qu'ils seraient pris ici au piège et seraient massacrés facilement ?

En sa petite tête elle songeait, rassemblant ses idées, cherchant dans le chaos de ses émotions. Tout à coup l'idée se fit jour, elle se souvint de Bertha et de sa venue nocturne.

— « Ils ont mis chez Hartmann — le pauvre homme — « de quoi massacrer un bataillon de Français, ils se sont « barricadés là-dedans comme dans une forteresse. »

— Chez nous, il y a de quoi faire mourir tous ceux-là, peut-être, pensa Miette...

Un beau soldat à cheval la regardait en souriant, elle lui fit signe du doigt.

— Ecoutez, j'ai quelque chose à vous dire, écoutez c'est très vrai, j'ai peur, écoutez-moi !

Surpris et inquiet il se pencha vers l'enfant qui se leva vers lui.

— Là-bas, chez mon père tout au bout du village, ils ont mis de quoi massacrer un bataillon de Français, ils se sont barricadés là comme dans une forteresse.

— Là... petite ? mais c'est l'ambulance.

— Je vous jure monsieur, c'est Bertha qui nous l'a dit, elle a vu...

Le cavalier devint tout pâle et partit en avant au galop.

Il y eut ensuite une rumeur, une galopade, une charge folle, de brefs éclatements, des jurons et des cris, une immense détonation qui ébranla à nouveau la campagne puis d'autres et d'autres encore.

Le soir, le village était en fête. Grande amie était folle de joie.

— Que veux-tu pour ta récompense, brave petite Alsacienne ? demanda le commandant à Miette en la prenant sur ses genoux.

— Rester avec vous, répondit la petite, et aller à Paris... papa disait que c'est la plus belle ville du monde, et le pays des braves gens.

Et pour la première fois, depuis qu'elle n'avait plus de père, petite Miette pleura.

UNE BONNE IDÉE

Vous savez que les soldats allemands ont le respect abruti du commandement, le fantôme même du chef les fait frissonner, c'est qu'ils ne sont pas traités en camarades, les pauvres !

Madame Michel savait cela parce qu'elle était Alsacienne et qu'elle avait vu bien des fois maltraiter les soldats par les officiers. Elle était en vacances chez une nièce française, dans une petite ville frontière quand la guerre éclata. Elle demeura là.

Sa nièce avait très peur et parlait de partir.

— Laisses donc, dit la tante, j'ai mon idée. Veux-tu parier que nous resterons tranquillement ici, qu'il ne nous sera rien fait et même qu'on nous respectera comme des femmes d'officiers prussiens, si les barbares entrent dans la ville. Fais des provisions, que nous ne sortions point.

— Je ne veux pas parier dit la nièce, je veux bien m'en rapporter à vous. Mais que ferez-vous donc ?

La vieille dame sourit et ce fut tout, elle ne répondit point.

La petite ville qui était très près de la frontière fut tout de suite envahie et les Allemands s'y installèrent.

Dès qu'elle sut qu'ils arrivaient, la vieille dame prit un bout de craie, sortit dans la rue et écrivit en gros caractères quelque chose sur le mur puis encore sur la porte d'entrée. Elle revint tranquillement s'asseoir à sa place accoutumée et dit à sa nièce :

— Maintenant, nous ne serons pas dérangées.

L'occupation dura dix jours, chez tous les habitants il y avait des soldats, il en passait par flots dans les rues, la ville était envahie, débordée, les pauvres gens étaient effrayés et consternés.

Pendant ce temps, la tante et la nièce, seules et sans ennui attendaient.

Quand l'ennemi partit, chacun eut à se plaindre des dommages causés ; la tante et la nièce ouvrirent enfin leur porte et mirent curieusement le nez dehors, chacun s'empressa à conter ses malheurs. Les deux femmes seules n'eurent rien à dire.

— Qu'avez-vous donc fait, ma tante ? demanda la nièce étonnée de cette chose.

C'était bien simple — mais il fallait y penser — la brave dame avait écrit sur la maison : « Occupé par un major allemand » et cela en bon allemand de Berlin, car la tante était une Alsacienne instruite. L'idée était suffisante, l'ombre seule du major avait fait peur aux soldats qui n'avaient même pas osé se rendre compte de peur d'encourir un châtiment.

N'est-ce pas que c'était une bonne idée !

PIGEON VOYAGEUR

Tous les enfants n'aiment pas les jouets et les jeux, cela vous étonne et pourtant c'est ainsi. Savez-vous ce que préférait à toutes les poupées les-plus belles, à tous les ménages, à toutes les balles et les cerceaux, et les cordes à sauter, la gentille Yvonne Garcin ? Je vous le donne en mille et vous ne le devinerez point...

—... C'étaient : les pigeons.

Comme Yvonne est une fillette charmante, ses parents consentent à couronner beaucoup de ses désirs et de ses caprices, aussi possède-t-elle un pigeonnier fort bien monté. Elle connaît les races de ses oiseaux et ce lui est une fête de demeurer après d'eux.

Yvonne est une provinciale, ses parents ont une belle villa et un grand jardin peu loin de Paris, mais tout de même à la campagne, ce qui fait que le pigeonnier a beaucoup de place et qu'on a pu consentir à lui donner de sérieuses proportions.

Mademoiselle Garcin a fort bon cœur, il ne lui suffit pas d'avoir des pigeons et de contenter son penchant pour les jolies bestioles, elle désire encore qu'elles soient heureuses. Sa maman lui a enseigné que le plus grand des biens est la liberté et le second : la tranquillité, ce qui fait qu'Yvonne ajoute à un confort absolu pour ses chers pensionnaires — ses enfants ! — la liberté la plus large et la tranquillité la plus délicieuse.

Ces quelques explications vous aideraient à comprendre — — si vous rendiez visite à Yvonne — pourquoi il y a dans le jardin des pigeons partout, des pigeons très jolis, et tous familiers au possible, une véritable avalanche de gentilles bêtes emplumées et douces. Ils sont ici chez eux, en terre conquise par la bonté et l'amitié.

Quand le froid vient cependant, on rentre les pigeons dans la serre, car monsieur et madame Garcin ont une belle et vaste serre. Les oiseaux sont là très bien et Yvonne aime venir vivre au milieu d'eux. Rien n'est plus charmant que ce tableau ; on dirait un jardin enchanté, peut-être un paradis terrestre avec ses colombes! et Yvonne serait très facilement l'ange, car elle est fort douce, elle a de beaux cheveux blonds, une voix musicale et une peau blanche comme la neige.

Cet hiver on a donc mis, comme d'habitude, les amis de notre Yvonne dans leur jardin fermé. La fillette y passe de longues heures heureuses et charmées. Elle sait très bien le compte de ses oiseaux. ils ont tous un nom et un signe particulier, ils connaissent sa voix et sont fort obéissants !

Un matin, Yvonne a eu une grosse surprise : de la fenêtre de sa chambre, tandis qu'elle regardait dans le jardin, elle a aperçu sur la pelouse un pigeon posé et qui semblait mort. Dieu quelle émotion !

La petite fille n'a guère pris le temps de s'habiller, elle est descendue quatre à quatre au jardin elle a couru de tout son élan à la pelouse et s'est agenouillée auprès de l'oiseau. Dieu merci ce n'était pas un de ses enfants, ce n'était ni Toc, ni Pic, ni Kiki. ni Pierrot, c'était un étranger, un pauvre petit pigeon perdu.

La petite bête ne bougeait plus et Yvonne était navrée le pensant mort. Avec mille précautions elle le prend dans ses mains puis le met contre sa poitrine, et rentre à la villa, émue.

— Vite Mélanie, préparez-moi un peu de vin sucré tiède, voici un pauvre petit enfant perdu que je veux essayer de faire revivre.

Dans la salle à manger où elle est entrée, il fait une douce et bonne chaleur. Yvonne met un coussin sur la table et pose délicatement l'oiseau dessus.

Mélanie a vite fait de préparer une ou deux cuillerées

de vin tiède bien sucré. La fillette, qui s'entend merveilleusement à soigner ses chers amis, ouvre le bec fragile et laisse tomber adroitement quelques gouttes du liquide réconfortant.

Voici que le pigeon réchauffé — car il avait tout simplement une syncope à cause du terrible froid — ouvre un œil, puis les deux, puis secoua sa jolie tête et essaye de se dresser sur ses pattes roses et fines comme des bâtons de corail. Vous auriez été joyeuses de voir la joie de la gentille Yvonne. Peu à peu la vie revient dans le petit corps de l'oiseau et bientôt il quitte le coussin et se met à se promener sur la table.

— Qu'il est joli ! Et fin et élégant, jamais je n'ai vu un aussi mignon pigeon.

Attiré par le bruit, le père d'Yvonne entre dans la salle à manger.

— Voyez donc, père, mon nouveau pensionnaire.

— D'où vient-il ?

— Je l'ai trouvé là tout à l'heure à moitié mort de froid sur la pelouse et le voici sauvé. Je vais vite le mettre avec ses frères, il se nommera « Hiver » puisque c'est grâce à l'hiver qu'il est venu ici.

— Mon cher petit, dit le papa, il faut remettre le pigeon sur la pelouse et il va s'envoler.

— Par ce froid ?

— Oui... sais-tu à quel utile animal tu viens de porter secours ? Ce pauvre pigeon qui est tombé là devant tes fenêtres doit venir de bien loin, c'est ce que l'on appelle un pigeon voyageur. Cet oiseau est un soldat, il prend part à la guerre comme j'aurais voulu le faire de toutes mes forces et de tout mon cœur si je n'avais point été réformé par le stupide accident qui m'a coûté un bras.

— Oh ! expliquez-moi, papa ce que c'est qu'un pigeon voyageur et quel est le métier de celui-ci, ce doit-être bien intéressant et bien beau !

— Ce pigeon porte à une de ses ailes ou à la queue

contre une plume, un tuyau de plume dans lequel on a glissé une fine pellicule portant écrit un message. Quand le pigeon arrivera à son but, on lui retirera le message qui sera photographié, l'épreuve sera grossie au moyen d'un fort microscope et on pourra facilement lire la dépêche.

— Mais d'où vient ce pigeon, père ?

— D'une ville assiégée, d'un fort, du front de bataille !

— Dites-moi donc comment il peut savoir aller là où on l'envoie.

— Suppose, ma petite, que ce pigeon ait son pigeonnier à Paris, on l'a emporté dans un panier, au lieu d'où devraient partir les messages. — Il y a eu par exemple une bataille à Creil, le pigeon a été emmené à Creil. Là on a rédigé une dépêche sur la bataille, sur les besoins survenus, le message a été mis à une aile de l'oiseau ainsi que je t'ai expliqué. Puis on a sorti le pigeon du panier qui avait servi à le transporter. Aussitôt il s'est élevé à une grande hauteur et n'a pas tardé à s'orienter, il a vite trouvé sa piste et s'est dirigé sur Paris de toute sa vitesse. Sais-tu qu'un pigeon vole 60 à 80 kilomètres à l'heure ? Mais le froid l'a pris et il est tombé comme un soldat au champ d'honneur. Toi, tu as été la bonne infirmière qui a soigné le soldat, qui l'a rendu à la vie, maintenant il faut le laisser continuer sa tâche, il faut lui rendre sa liberté, le laisser accomplir sa mission. Songes que sous ses ailes il porte dans doute des nouvelles rassurantes pour les familles de ceux qui se battent là-bas...

Yvonne contemple l'oiseau avec une grande admiration. Il est toujours là sur la table, ragaillardi et prêt au départ. Ainsi qu'on leste le troupier qui repart au front, Yvonne est la bonne hôtesse qui va lester l'oiseau avant le vol. Elle sait si bien ce dont sont gourmands ses chers amis : quelques faînes grillées et du sel. Quel régal ! Quand le voyageur a pris allègrement son repas, Yvonne ouvre la baie vitrée qui donne sur le jardin. Le pigeon s'élance, la petite fille le retient une seconde contre son cœur puis elle pose sur la petite tête un long et dévotieux baiser.

— Adieu, petit pigeon de France. Bonne chance et merci d'avoir choisi notre maison comme passager refuge.

Papa a refermé lentement la fenêtre, au travers des rideaux on voit le pigeon qui cherche sa piste, puis il la trouve et disparaît à tire-d'ailes dans le ciel brumeux qu'échauffe un peu un pâle soleil d'hiver.

LES BOUTEILLES DE VIN

Les Anglais et les Français fraternisaient dans les tranchées du Nord. Un jour, un convoi de soldats ravitailleurs anglais cheminait péniblement aux côtés d'un convoi de ravitaillement français. — Ils revenaient ensemble des provisions qu'ils allaient ensemble porter à leurs camarades en train de guerroyer glorieusement côte à côte.

A un certain moment, une fusée comme les Allemands en emploient fréquemment pour reconnaître les convois de ravitaillement, les surprendre et les bombarder, éclaira brusquement le ciel et découvrit clairement les deux convois.

— Couchez-vous.

Intima immédiatement à ses hommes l'officier anglais qui les accompagnait.

Tous obéirent !

Les Français firent tous de même, sauf un qui resta debout et fut épargné miraculeusement par la pluie d'obus et de shrapnells qui arrosa immédiatement le terrain.

Une fois le danger passé, l'officier anglais s'adressa sévèrement au soldat français qui était demeuré debout et qui n'était pas blessé.

— Etes-vous devenu fou !

Mais le troubade, très simplement, oh ! le plussimplement du monde :

— J'ai à la main, pour mes camarades, des bouteilles de vin non bouchées, si je m'étais couché je les aurais renversées.

L'officier anglais se mit à rire en lui frappant amicalement l'épaule.

LE BON CUISINIER

Cette autre histoire est non moins héroïque. Le lieutenant d'une tranchée qui était copieusement et particulièrement visée et arrosée par le feu de l'ennemi, avait fait sérieusement garantir ses hommes.

— Couchez-vous leur avait-il dit, laissez parler l'artillerie.

On avait installé les cuisines au fond de la tranchée. Il était près de midi, les cuisiniers s'affairaient, aussi calmes que s'ils avaient été dans un sous-sol des grands boulevards. Un surtout était particulièrement attentif et secouait sa poële avec méthode et tranquillité.

De sa place le lieutenant lui cria plusieurs fois.

— Hé le cuisinier-là... attention donc ! Et il accompagnait sa recommandation d'un juron qui lui était familier.

Mais le cuisinier continuait sa petite besogne, sans s'émouvoir.

Il lâcha sa poële enfin, posa délicatement le contenu dans un récipient qu'il passa à un soldat lequel alla en rampant vers une case et frappa — c'était chez le capitaine.

Le lieutenant vint alors au cuisinier flegmatique qui s'installait maintenant à la position de tir :

— Dites-donc vous, animal, que faisiez-vous donc tout à l'heure ?

Et l'autre de dire :

— Mais mon lieutenant je faisais cuire des rognons pour le capitaine, et une fois sur le feu ça n'attend pas !

LE DÉVOUEMENT DU MAJOR

Vous savez que les ennemis ne respectent ni les hôpitaux, ni les ambulances, et, qu'au contraire, le drapeau blanc à croix rouge est pour eux un point de mire pour les fusils et les obus. Ils tirent sur les médecins et les infirmiers qui relèvent les blessés, ils tirent sur les civières ; ils ne respectent rien.

Un soir, une action des plus vives s'engagea auprès d'une ferme qui servait d'ambulance, nos soldats se défendirent vaillamment mais cédaient sous le nombre, la mitraille faisait rage, la canonnade tonnait. tonnait, et les obus pleuvaient ainsi que la mitraille, dans les champs et les jardins de la ferme.

Impossible d'évacuer les blessés. Le major en chef qui se trouvait là ne se désespéra point, il grimpa sur le toit au milieu de la mitraille, prit en main le drapeau de la Croix-rouge qui y flottait et fermement marcha aux lignes ennemies qui se rapprochaient, il agitait lentement ce drapeau à la façon des gardes-barrières.

Les Allemands comprirent et détournèrent le feu mais quelques balles encore crépitèrent et le major fut atteint en pleine poitrine il tomba sur le champ et ne put être relevé que lorsque des renforts arrivés rendirent nos troupes victorieuses.

Le major n'avait d'ailleurs perdu nullement son sang-froid, il s'était pansé lui-même de son mieux en attendant du secours. Ramené à l'ambulance ainsi sauvée par lui, il ne consentit à la quitter pour gagner un convoi sanitaire vers l'hôpital, que lorsqu'un major chef fût venu le remplacer et qu'il l'eût renseigné clairement sur l'état de chacun de ses chers blessés.

LA CUEILLETTE DES SOULIERS

Dans la tranchée, les soldats causaient :
— Mes souliers commencent à s'user.
— Les miens aussi.
etc... etc.
Tout à coup un loustic dit :
— Vous avez pourtant devant un beau magasin de chaussures, en attendant celles du ravitaillement !
Et tous de rire sans avoir compris... naturellement.
Mais le loustic continue le plus sérieusement du monde :
— Qu'est-ce que vous pariez que je vais me chercher à ce magasin-là une belle paire de souliers ?
— Tout le monde promet quelque chose.
Ce que voyant, le soldat cligne de l'œil et se dirige vers le bout de la tranchée. Une demi-heure s'écoule et le soldat revient triomphant, une paire de souliers sous le bras. Ebahissement, surprise, questions...
— Ils sont *made in germany* mes enfants !
— Mais où les as-tu pris.
— Devant.
— Devant ? Mais mon vieux c'est la ligne, tu te serais fait tuer !

— Mais non en rampant tout doucement jusqu'aux pauvres boches qui sont morts là et avec de la patience on a sa petite paire de souliers, c'est très simple et peu périlleux mais çà ne va pas vite. Qui est-ce qui en veux, il y en a encore quatre paires ?

— Non vieux, c'est trop bête, si ils voient que çà bouge ils tireront.

— Pensez-vous! Allons j'y vais, je rapporterai ce que je pourrai.

Au bout d'une heure il revient avec une paire de très belles bottines.

— Mes enfants celles-là, c'est pour le capitaine, elles sont trop belles pour des simples soldats, d'abord elles viennent d'un officier, mais je n'y retourne plus, je suis vu il y a un quart d'heure que je devrais être là, j'ai dû faire trois fois le mort !

LA MALICE DE L'INDIEN

C'est un bel Indien à peau de cuivre et à l'œil très noir aux magnifiques dents blanches et au courage de lion.

Le commandant anglais fit venir à lui le beau soldat et lui frappant amicalement l'épaule :

— Tu es brave et agile lui dit-il, tu es intelligent, je vais te donner une mission de confiance.

— Merci commandant, je suis content.

— Choisis quelques compagnons de ta sorte et voici ce que vous ferez. Vous ramperez jusqu'aux tranchées ennemies, là devant nous. Je veux savoir comment ils sont installés et ce qu'ils y font, combien ils sont et comment les prendre, tu m'as compris ?

— Oui commandant.
— Vois s'ils ont des mitrailleuses, des provisions...
— Oui commandant.
L'Indien salue et quitte l'officier.
La nuit venue, il part avec quelques compagnons décidés qu'il a choisis lui-même. En rampant ils sortent de leur abri et, avec souplesse, lenteur et silence, gagnent peu à peu les lignes ennemies.
Comme ils arrivaient presque au but voici que la sentinelle ennemie dirige, vers l'endroit où rampent les Indiens, le rayon d'un réflecteur et crie aussitôt :
— Werda !
Un moment interdit de se trouver surpris en pleine lumière, l'Indien se reprend aussitôt, fait signe à ses compagnons d'arrière de retourner aux lignes amies puis il se dresse sur ses pieds, jette bas ses armes et fait à la sentinelle interdite et un peu effrayée de profonds et fréquents saluts.
La sentinelle, très embarrassée, ramasse les armes de l'étrange soldat et appelle le poste, on se saisit de l'Indien qui continue ses saluts et ses sourires.
Surpris à leur tour, les soldats du poste finissent par comprendre que l'Indien se rend prisonnier, et très fiers de cette prise facile il le conduisent au capitaine et à sa compagnie.
Le capitaine très intéressé interroge notre homme :
— Qui es-tu... Français ?
— Non, dit l'autre secouant la tête.
— Anglais.
— Non répond l'Indien de même manière.
— Musulman.
— Oui ! oui ! dit-il avec un rire épanoui et une mimique exatique et heureuse.
Le capitaine continue ses questions, ou plutôt ses gestes, car il doit mimer, pense-t-il, pour se faire comprendre, alors que le malin Indien sait parfaitement l'anglais et

comprend l'allemand, car ce n'est pas un soldat ordinaire, mais bien un chef de tribu.

— Tu aimes les Français ?

L'Indien fait une mine effrayée.

— Tu aimes les Anglais ?

L'Indien fait un geste profond de dégoût et des gestes successifs de menaces comme ceux par exemple de couper des têtes.

— Tu aimes les Allemands ?

L'Indien montre que oui et qu'il est ami... ami.

Satisfait de cet interrogatoire, le capitaine installe lui-même la recrue intéressante, pensant en tirer un parti victorieux. On donne à l'Indien une couverture, du café, on le fête, on le choye.

Le lendemain, le capitaine revint voir l'Indien et la conversation animée continua; le malin soldat arriva à faire comprendre à l'Allemand qu'ils étaient comme lui trente mulsumans échappés des lignes anglaises et qui n'attendaient qu'un signe ami pour venir se joindre à lui. Si on veut me laisser aller, expliqua-t-il, je les ramène tous.

Le capitaine accepte mais lui impose la compagnie d'un reître armé jusqu'aux dents. L'Indien accepte sans sourciller.

Les voici partis. On a lesté l'Indien d'une bonne tasse de café et de nombreuses poignées de main. Cependant, lui et son compagnon marchent côte à côte, et l'Indien fait faire à son gardien un grand détour, pour le mener en un petit bois, l'autre fier de son armement et de sa mission de confiance ne se méfie point. Soudain, l'Indien s'arrête un pas en arrière, bondit comme un chat sur le soldat et le réduit à l'impuissance; d'une main preste, le désarme et lui intime l'ordre brutal de le suivre. L'autre n'a qu'à obéir.

L'Indien joyeux et alerte, garanti par le petit bois, revient aux lignes amies avec un armement complet, un prisonnier et des renseignements précieux.

Là-bas, le capitaine a attendu ses **trente musulmans** tout le jour, puis la nuit. Enfin, le lendemain, à l'aube, il les a vus venir, mitrailleuse en tête, pour le culbuter de ses positions et bien rire de la bonne farce à laquelle, si naïvement, il avait été pris, croyant, dans son lourd esprit teuton, que déjà les effets de la guerre sainte se faisaient sentir, et que tout l'Islam arrivait se joindre à la cause allemande... Naïveté !